सन्देश

(काव्य संग्रह)

सुरेन्द्र कुमार उपाध्याय

साहित्यपीडिया पब्लिशिंग

साहित्यपीडिया पब्लिशिंग

नोएडा (भारत) – 201301

दूरभाष - (+91)-961-806-6119

ईमेल - publish@sahityapedia.com

वेबसाइट - publish.sahityapedia.com

प्रथम संस्करण - 2018

ISBN - 978-81-933570-6-4

मेरे द्वारा लिखी गई कविताएँ

मेरी

माँ - स्व0 मुन्नू देवी

दादी माँ - स्व0 शांति देवी

व

बाबा - स्व0 श्यामदेव उपाध्याय जी को समर्पित है।

प्रस्तावना

अभाव जिन्दगी को बहुत कुछ सिखाती हैं, हमनें भी इन्हीं अभावों से जिन्दगी जीने की कला सीखीं है।

मेरा मानना हैं कि जिस इंसान के जिन्दगी में अभाव न हो, वो इंसान जिन्दगी की सच्चाईयों और उसके यथार्थ से हमेशा दूर होता है।

हम और हमारे भाई बहनें ने भी हमेशा इन्हीं अभावों को देखा और उन्हें महसूस भी किया है।

बचपन में अभावों के उन दिनों में हमारी दादी माँ और बाबा (स्व0 शांति देवी और बाबा स्व0 श्यामदेव उपाध्याय जी) जिन्होंने चौथी और आठवीं कक्षा तक की शिक्षा प्राप्त की थी।

उनकीं असीम अनुकम्पा और उनका आशीर्वाद जो बचपन में हमें प्यार बनकर किताबों और कलम के रूप में मिला, उसी से प्रेरित होकर मैं एक कवि बन बैठा, क्योंकि उन्होंने ही हमें बचपन से पढ़ाया, लिखाया और इस योग्य बनाया कि मैं एक योग्य इंसान बन सकूँ।

उनके त्याग और तपस्या को मैं नहीं भुल सकता, क्योंकि उन अभाव भरें दिनों में जिनके कारण हमारी जिन्दगी में रह रहकर वो दौर भी आया करता था, जब हम भाई- बहनों को रातों में भोजन तक नसीब नहीं हुआ करता था, पर हमारे दादी माँ और बाबा फिर भी हमें पढ़ने की ही शिक्षा दिया करतें थे, आज भी मैं उन पलों को भुला नहीं पाता हूँ।

सोचता हूँ तो आज आश्चर्य होता हैं कि उनके तप ने ही हमें आज एक कवि बना दिया। उनके योगदान को मैं कैसे भूल सकता हूँ।जिन्होंने हमें पल-पल सहनशीलता के साथ मानवता की शिक्षा देकर हमें सही रास्ते पर चलकर जीवन जीने की कला के साथ मंजिल तक पहुंचने की कला सिखाई।

सुरेन्द्र कुमार उपाध्याय (मंटू उपाध्याय)

तिसरी गिरिडीह, झारखंड

अनुक्रम

1) माना बंट गया!

माना बंट गया,
अपना ये हिन्दूस्तान!
फिर भी सुलग रहा हैं,
क्यों आज भी पाकिस्तान?
धरती एक थी!
था; एक अपना आसमान,
जात धर्म के नाम पे!
क्यों बंटा ये हिन्दूस्तान?
जिन बापू के कर्मों ने,
सिंचा ये हिन्दूस्तान!
देशभक्तों ने लहू बहाये!
छोड़ दिया आराम,
हैं; त्याग, तपस्या
और उस बलिदानी की,
ये तपोभूमि अपनी,
मूरत ये हिन्दूस्तान!
अंगारों पर चलकर हमने,
खोया अपनों की जान!
क्योंकि हैं ये, अपना हिन्दूस्तान!

2) आजादी के दिवाने हम!

आजादी के दिवाने हम,
आजादी के नाम,
आजादी भी रोईं होगी,
उस आजादी; के शाम!
एक तिरंगा शान हमारा,
हैं; एक तिरंगा आन!
भारत माँ की,
स्वाभिमान मान से बढ़कर,
हैं; नहीं कोई अरमान!
आजादी के नाम तिरंगा,
आजादी के शाम।
भारत माँ के सच्चे पूतों ने,
इस माँ के खातिर,
हंसकर दे दी जान!
और प्राणों की आहूति देकर,
लिख डाला हिन्दूस्तान!
हर बेटा; इस माँ का गौरव,
बेटी हैं इसकी प्राण,
बलिदानी की गाथा गाता!
अपना वो ये हिन्दूस्तान!
चलो इस माँ के खातिर; हम भी,

आज; लुटा दे अपनी प्राण!

क्योंकि हैं ये; अपना हिन्दूस्तान।

3) नाम की; एक लेखा!

मैं; धर्म की हर पहलूओ पे,
नाम की; एक लेखा रहा!
मुझे बेचा गया,
यहाँ हर नाम से,
पूजा भी गया मैं; तो यहाँ,
केवल! अपने काम से,
पर मैं तो; केवल,
सुकून देना चाहता था!
लोगों को; रहकर
यहाँ हर धाम में,
मैं तो हूँ; बस केवल यहाँ,
हर रूपों और हर नाम में,
मेरे रूपों को विकृत कर,
खुद को धोखा दिया!
यहाँ इंसानों को इंसान ने।
मैं; तो सम था कल भी,
सम हूँ; मैं आज भी,
पर धोखा देकर बेचा,
मुझे यहाँ कई बार
इंसानों को इंसान ने,
मैं नाम से एक था!

और आज भी हूँ।
पर मुझे पूजा कई नामों से,
यहाँ नासमझ इंसान ने!

4) हैं; ऐसा हिन्दूस्तान हमारा!

हैं; ऐसा हिन्दूस्तान हमारा,
है; तिरंगा एक शान हमारा!
इसके खातिर मिट गयें लाखों!
हैं; स्वाभिमान हमारा,
क्योंकि ऐसा हीं है अभिमानी,
ये हिन्दूस्तानी खून हमारा!
हैं; ऐसा हिन्दूस्तान हमारा,
ये तिरंगा शान हमारा!
लहू के कतरे-कतरे में,
बसता ये; हिन्दूस्तान हमारा!
धर्म हमारा भाईचारा,
हैं; अडिग जिस पथ पे हम,
शांति और अहिंसा का,
हैं; ये एक पैगाम हमारा!
हैं; ऐसा हिन्दूस्तान हमारा,
स्वप्नों की ये भारत भूमि!
जन्म ही हैं स्वाभिमान हमारा!
हैं; ऐसा हिन्दूस्तान हमारा,
हैं; तिरंगा एक शान हमारा!
जिसके खातिर मिट गयें लाखों,
हैं; ऐसा ये हिन्दूस्तान हमारा!

5) एक वाक्य हिन्दूस्तान की!

एक ही लौ से रौशन हो रहा,
सम्पूर्ण विश्व आज यहाँ,
"सत्यमेव जयते" से हिन्दूस्तान की!
माटी देश की; मूरत बन गई,
सत्य और अहिंसा से ही,
एक पैगाम की,
ये शान्ति और सुकून हैं आज!
विश्व विरासत हिन्दूस्तान की!
माटी देश की मूरत बन गई,
"सत्यमेव जयते" से हिन्दूस्तान की!
बुद्ध की ये पावन धरती,
हैं; ये धरती पवित्र,
महावीर भगवान की,
इस एक वाक्य में,
शांति और सुकून हैं आज।
विश्व विरासत हिन्दूस्तान की!
एक ही लौ से रौशन,
हो रहा है विश्व आज!
हैं; वो वाक्य एक ही!
"सत्यमेव जयते" से
जो हैं, अपने हिन्दूस्तान की।

6) दोहमत न दो यारों; यारी की

दोहमत न दो यारों; यारी की,
ये वक्त गुजर जाता हैं!
भाग्योदय के इंतज़ार में,
बचपन और जवानी,
यहाँ; पल में गुजर जाता हैं।
पागल हैं; वो आदमी,
जो काम से; जी चुराता हैं!
मुफ्त की रोटी खाते-खाते,
यहाँ तो लाखों अरमान,
बर्फ की तरह पिघल जाता हैं!
रोती हैं आत्मा बुढ़ापे में,
और तब जवानी पे,
अपनी मलाल होता हैं!
खुटे पर टंगी हो जब
अपनी ये जिन्दगी,
खुदा भी उस वक्त,
आराम कर रहा होता हैं!

7) काश! मैं एक नदी होता

काश! मैं हिमालय की गोद से,
प्रक्षालित एक नदी होता!
तो जिन्दगी की; हर पहलूओ से गुजर,
संजोये दिल में भावनाओं,
संवेदनशीलता की गहराईयों में,
हिमगिरियों का प्यार लिये,
काश! प्यासे लोगों की,
मैं प्यास बुझाता!
खुलीं किताबों की तरह,
लोग हमें पढ़ते!
काश! मैं अंधविश्वासों से,
वो एक पर्दा उठा पाता!
हर दिल में; तब मैं भी,
शायद! मथुरा और काशी बन जाता।
काश! मैं एक नदी होता!
तो! हर दिल की गहराई में पहुंच,
जाति-पांति का वो भेद मिटाता!
काश! मैं बेबस जिन्दगी की,
हर पहलुओं से गुजर,
लोगों को मानवता का,

पवित्रता का एक पाठ पढ़ाता।

काश! मैं एक नदी होता!

8) कर्म पटल

संग्रह, त्याग और कर्म करना,
संवेदनशीलता की गहराई में जाकर,
मानवता को एक वरन करना,
यही मोक्ष की आशय हैं!
दूजा नहीं है; कोई ओर,
ये जीवन का साधक बन,
स्वात्म! साक्षात्कार करवाता है।
संग्रह से जीवन रेखा छोटी होती,
कुंठित मन हो जाता हैं।
आत्मा, जीवन और मृत्यु चक्र की; समर में,
मानव भटक-भटक रह जाता हैं!
और संवेदनशीलता की गहराई में जाकर,
तब स्वात्म प्रखर हो जाता है।
तब कल्याण ही जीवन की,
एक आशय बनकर,
कर्म पटल सज जाता है!
तब मानव तन पाकर,
हम जैसे इंसानों का,
जीवन सफल यहाँ हो जाता है!

9) दिलों में ले आरजू

दिलों में ले आरजू,
खनकता रहा हूँ!
बंध-बंध कर पैरों में,
ढ़ोलक की ताल पर,
मैं थिरकता रहा हूँ!
दूनियाँ देखतीं रही,
हमें निष्ठुर बनकर!
बिना पलकों को झपकाये,
मैं घुट-घुट कर,
पर्दों के पीछे; अश्को में,
मैं डुबता रहा हूँ!
दिलों में ले आरजू,
पल-पल हर सांसों में,
मैं संवरता रहा हूँ!
जानते हैं; मुझे कुछ लोग हीं यहाँ,
अश्क बन-बन कर,
मैं आंखों से जब-जब,
छलकता रहा हूँ!

10) जातिवाद की नींव!

जातिवाद की नींव;
खोखली होती ही हैं,
मजबूती होती हैं तो बस!
एक; एकता ही के नाम,
एक पायें पे खड़ी महल जो,
उन्हें ढ़हते देर नहीं लगता!
कभी आये जो; यहाँ तनिक तूफान!
एकता और अखंडता के;
लाखों पायों पे जैसे,
खड़ा हैं; अपना ये हिन्दूस्तान!
ये हिलते नहीं कभी,
चाहे आये लाखों तूफान!
इस जातिवाद की खोखली बुनियादों पे,
न सहेजे हम; अपने अरमान,
अगर लानी हैं; मजबूती हमें,
स्वार्थ को बस एक,
त्यागना होगा; बनकर इंसान!
क्योंकि भारत हमारी माता,
और हम हैं इसके संतान!

11) तफतीस की इस दूनियाँ में

तफतीस की इस दूनियाँ में,
आईना कम नहीं!
हर आईना दिखता हैं;
यहाँ एक-सा ही
पर हर आईना,
यहाँ आइनों की सच्चाई तो नहीं!
वक्त की बुनियादों पे,
खड़ी होती हैं; आशियां,
पर यहाँ हर आशियां,
अपनी वो आशियां तो नहीं!
साज की इस दूनियाँ में,
इंसानियत गमगीन हो गयें!
वक्त गुजरता जा रहा है; बस,
जरा जोरो से यहाँ!
भावनाओं की भंवर में,
बस! अब आग उठने को हैं!
और आईने अब ये,
चिढ़ाने लगा हैं हमें!
क्योंकि तस्वीर स्पष्ट,
इनपे अतीत के होते नहीं!

12) जन्म तो एक भ्रम हैं!

जन्म तो एक भ्रम हैं।
इसकी खुशियाँ ये कैसी?
मृत्यु तो एक वरण हैं।
इसकी शोक! हमें ये कैसी?
जन्म तो हर जीवों का,
कष्टों से भरा हैं!
और इसकी हर सीढ़ियाँ,
होती हैं कांटो के शैय्या जैसी!
मृत्यु ही इसकी एक त्राण हैं।
इसलिए फिर; क्यों रोते हैं हम?
जब हम भी; वही इंसान हैं!
जन्म तो एक छलावा है,
इसकी खुशियाँ ये कैसी?
मृत्यु तो एक वरण हैं!
फिर इसकी मातम ये कैसी?

13) दिलों की शैलाब

दिलों की शैलाब अगर,
मंजिल ढूंढ ले!
तो सरहदें क्या करें?
प्यार करता हो,
जो अगर; तुझसे कोई!
सोचने वाले की यहाँ,
नियत क्या करें?
प्यार हो अगर,
दिल-से-दिल को,
तो ये जात और मजहब का,
वो सरोकार क्या करें?
स्वर्ग भी त्याग देते हैं!
यहाँ तेरे चाहने वाले ये!
मौत का रंग भी फीका लगता हैं!
उस प्यार के आगे,
दिलों में उठने वाला,
फिर वो, शैलाब क्या करें?

14) एक तिरंगे की शान पे!

वतन हमारा धर्म,
वतन हमारा हैं।
कर्म और ईमान,
एक तिरंगे की शान पे!
मर मिटता हैं; हिन्दूस्तान!
चक्र कहें! छु लो आंसमा,
ये वतन हमारीआत्मा,
और केसरिया हैं; हमारी शान!
लड़ते रहेंगे; हम सीमा पर,
बनकर आंधी तूफान!
हाथ बढ़ाओ आगे तो,
शांति हैं; हमारी पहचान!
जिन बागों को सिंचा बापू ने,
हम हैं; उसकी संतान!
हरी हमारी धरती माता,
हम सब बेटे इस माँ के,
हैं; सैनिक और किसान,
मेहनत की हम रोटी खाते,
हैं; वतन हमारी आन!
गर्व हमें ये कि; हम भी हैं,
भारत माता के संतान!

15) धन्य हैं ये धरती माँ!

वतन-वतन पर मिटने वाले,
हैं; लाखों यहाँ जवाँ!
जिस देश की हो; शान तिरंगा!
हैं; वतन ये वो, हिन्दूस्तान,
वतन-वतन पर मिटने वाले,
हैं; लाखों यहाँ जवाँ!
जिस देश की हो; पहचान केसरिया,
वतन हैं ये; वो हिन्दूस्तान!
श्वेत, हरा उद्देश्य हमारा,
है; चक्र दमकता शान!
अतिथियों का सत्कार करें हम,
हैं; वतन वो हिन्दूस्तान!
जहाँ सच्चाई की पूजा होती,
हैं; तपती जहां नित पूरूषार्थ!
मिटने को जहाँ देश पे,
जन्म देती है हर माँ,
यहाँ अपनी औलाद!
धन्य हैं ये धरती माँ,
जिन बेटों की शहादत पे,
गर्व हमें ये, हम हो ऐसे ही,

बांके वीर जवान,

हैं; ऐसा ही अपना ये हिन्दूस्तान!

16) "राजनीति"

राजनीति हो गया हैं धंधा।
नेता उगाही कर रहे भाई!
देख यहाँ पर खुब चंदा,
देश परिवारवाद का दंश झेल रहा,
भ्रष्टाचार का खुब यहाँ पर,
भाई चल रहा हैं धंधा।
कुर्ता-पैजामा पहने अपराधी,
हो गई खादी भी; अब बदनाम!
रातों की चैन छिनी जनता की,
ऐय्याशी भी हो गई अब।
इस कुर्ते के नाम।
चोर-चोर मौसेरा भाई,
अपराधी भी पकड़ाने पर,
लेता पहले नेता का नाम।
खद्दर जो चढ़ गई,
अब अपराधियों के तन पे!
कहा मिटेगा भ्रष्टाचार भाई?
जिसका लेते हम नाम!
नेता फिर भी नेता होता,
लाखों क्यों न हो फिर भी
उनके गोरख धंधों का काम।

राजनीति करना छोड़ दिया,
शायदअच्छे इंसानों ने!
और कल्याणी चढ़ गई,
उस बलिवेदी पर,
जिस सत्ता पे बैठे हैं,
आज राजनीति के भगवान!

17) कलम चली

कलम चली राह,
सत्ता के इशारे पर,
सो रहे समाज के शायद,
आज एक सच्चे पहरेदार!
प्रजातंत्र का चौथा स्तंभ,
जिसे हम कहते हैं।
अपना ये अखबार!
भटका रहे हम समाज को,
फिर भी कहतें; आईना हैं।
अपना ये अखबार!
बलात्कारी औरअपराधी,
सर उठाये घुम रहे, और
चादर ताने सो रहा है, थानेदार!
मुंशी तसीली करता; थाने की,
बना बैठा; वो चोरों का सरदार!
पत्रकारिता बिक रही अपनी,
हमें भी चाहिए हिस्सा, उसमें! आज,
और कहतें हम भी उनकों,
अपना भी हैं एक सच्चा यार।
सरंक्षण हैं सत्ता की भाई।
जिसके बल पर अंगड़ाई लेता,

थाने में, हर थानेदार।
और हमारे हाथों में है,
ताकत कलम की,
दिखतीं फिर भी;
हमारे ही एक कहने पर,
और हमारे ही इशारों पर, चलता,
कहाँ, अपना ये अखबार!
सो रहे कलम के सिपाही,
इसलिए चैन से घुम रहे अपराधी!
और सो रहा है थानेदार।
बदले जमाने के साथ,
बदले हम यारों,
और हमारा ये अखबार!

18) जिन्दगी

जिसे हम जिन्दगी कहते हैं।
वो तो है; एक तराना!
कभी हम, इसकी खुशियों में खोते,
कभी लिखते हैं; इसका अफशाना!
जन्म लेते हम मुट्ठियों को बांधे।
रो-रो कर गाते हैं गाना,
माँ के आंखों में सपने पलते,
नवजात बनकर जब हमारा,
होता हैं; उनके आंगन में आना!
ममता सिंचती बड़े जतन से,
हमारे अरमानों का बचपन।
यह जीवन तो ऋणी है।
उस निःछल माँ की, ममता का,
बड़ा हुआ तो सोचा! कमाकर
सब सपनें पुरा करूँगा,
मैं अपनी इस एक माँ का
पर माँ; छोड़ चली दुनियां!
इस अंनजान सफर में हमें अकेला,
बस! इस रास्ते का दर्द था इतना।
जीवन तो हमने जी लिया
और जीवन को भी हमने,

जी से जुड़ा लिया।
ये जीवन कहा अपने हाथों में!
बस! हमें जो मिला यहाँ
हमने बाँहों को फैलाकर।
उसे गले लगा लिया!

19) राजनेता

राजनेता कोई ऐसे ही,
यहाँ नहीं बनता हैं।
राजनीति का चंदन रोज,
अपने माथे पर घिसता हैं।

चप्पल घिसते हजारों,
कुर्ते का क्रिच नहीं झड़ता हैं।
बोलतें-बोलतें जुबांन नहीं थकते,
माथे का बाल भी उड़ता हैं।

बडे मुश्किल से मिलते
टिकट अंत में,
क, ख सिखकर कहा कोई,
आजकल नेता बनता हैं।

उम्र ढ़लने पर मिलती हैं कुर्सी!
बड़े जतन से यार भाग्य में,
हमारा किस्मत भी,
कभी-कभी ही खुलता हैं।
लाईन बड़ी लम्बी हैं,
हम नेताओं का,

ऐसे हीं कोई राजनेता नहीं बनता हैं।
मिलते ही कुर्सी से चिपक जाते,
कहतें, कभी तो यार! चैन से हमें भी,
इस कुर्सी का मजा तो, लेने दो,

वोट ली हैं हमने पैसे देकर,
कभी-कभी राजनीति का रस,
हमें भी तो पीने दो।
बहुत आये, गयें भी बहोत।

भ्रष्टाचार में डुबे भी बहोत।
कार्यवाही होने से पहले ही,
यहाँ से चलें भी गयें बहोत,
राजनेता हैं यार हम।

जेल भी मिले हमें तो,
बड़े आराम से जीते हैं हम,
भ्रष्टाचार में लिप्त हो फिर भी हम,
हमें चाहने वाले कहाँ हैं कम।

ऐसे ही दम नहीं भरते,

राजनेता हैं जनता के हम।
मुर्ख जब तक हो जनता
तबतक भ्रष्टाचार में डुबे रहेंगे हम।
ऐसे हीं राजनेता हैं हम!

20) जख्म

जख्मों को देख मैं,
घबरा गया था अपनी!
पर ऐसे कई हैं यहाँ,
जो जख्मों में भी,
जियें जा रहे हैं।
पर्दे छिपा सकते हैं आंसू,
हमारे कल और आज के!
पर कुछ लोग ऐसे भी हैं यहाँ,
जो इसे भी सहेजकर,
बड़े मजे से भाई,
जिन्दगी जियें जा रहे हैं।
चुप्पी उनकी खुशी नहीं।
पर कुछ लोग इसे,
तोड़कर भी, मुस्कुरा रहे हैं।
मेरा जख्म तो कुछ भी नहीं,
उनके जख्मों के आगे,
मैं नाहक ही घबराया।
जब हमने देखा उन्हें तो
मेरे जख्म कम ही थे,
उनके जख्मों के आगे।

21) भंवर

भंवर में फंसा ये नाव!
प्रभु कभी उस पार लगा दो,
गहरी हैं तन की घाव,
उदित होकर चमन में,
चार चांद लगा दो!
घाव भर जाये तन की,
प्रेम की तरकश पे,
प्रभु ममता-सी कोमल वो,
महकता हुआ सुन्दर-सा,
एक अवदान बन जाओ!
जो चले प्रेम हरने को,
हर दुःख इन इंसानों का,
आ जाओ तो सज जाये,
यहाँ महफिले हजारों!
ऐसे ही महकते बागों का,
वो एक दास्तान बन जाओ!
कांरवा बन जाये ये,
आज उन मेहरबानों का।
तजुर्बा कम हो भले ही,
मुझे भी इस जिन्दगी की।
समझ आ जाए यहाँ,

क्योंकि उलझे हुए हैं तार ही,

इतने ही हम इंसानों की!

22) हुब (कार्य क्षमता)

जब जागो तभी सवेरा,
कभी होता, यहाँ नहीं
उम्र का लेखा-जोखा भी,
रखता है बड़ा मायने!
यहाँ पर भी कभी-कभी,
हम पडे हो; खाट पे,
तो फिर भाई,
क्या जागो फिर होता हैं?
नया सवेरा तभी!
उब और हुब दो,
कह दूँ साफ शब्दों में,
उमर पे होता हैं झुमर।
एक बार नहीं; हजारों बार!
नया सवेरा! होता यहाँ तभी,
एक बार नहीं, बार-बार!
जागो उम्र के रहते यारों
सवेरा होगा हर दिन नया तभी
ना होगा तब ये, हुब उस दिन।
जब होंगे हम बूढ़े!
तब सब होगा; हमारे पास यहाँ,
पर न होगा तो; वो एक हुब!

23) अहम

हृदय की उत्कंठ अभिलाषा,
चंद पहलुओं से जाकर जब,
अहम बनकर दिल से,
जो कभी-कभी टकराती है।
कोई कहता; यहाँ खुद को श्रेष्ठ,
तो फूलों की बारिश भी,
यहाँ कहाँ हो जाती हैं?
झुकता हैं यहाँ वही वृक्ष,
जिसपे हरियाली होती हैं।
सुखा पेड़, कहा झुकता?
टुटती हमेशा; उसकी ही डाली हैं।
जो कहते खुद को श्रेष्ठ!
और सिद्ध करने पर,
जो कोई यहाँ; अड पर जाते हैं!
हम मान भी ले तो,
क्या? हमारी अपनी जानी हैं!
पहचान ले; जो कोई खुद को!
फिर ये हिंसा और द्वेष,
दिलों से यहाँ कहाँ मिट जानी है?
अहम मिट जाती है उनकी!
जिन्होंने खुद को ही,

पहले पहल में ही,
यहाँ पर पहचान ली है।

24) माँ हमें दे!

ऐ हरि, वो हार दे!
जीवन को, संवार दे।

फूलों भरी, वो बहार दे।
सच भरी, वो सच्चाई दे।।

कर्म भरा, वो गांधी दे।
सुभाष चंद्र बोस जैसा ही,
हमें एक लाल दे।।

दे जौहर, जवाहर की।
तिलक दे, धरती माँ को।।

दे शास्त्र ज्ञाता, वो शास्त्री।
लाला दे, वो लाल दे।।

दे इंदिरा जैसी, एक बेटी।
जो लाहौर पे भी, तिरंगा गाढ़ दे।।

लोहे जैसे, इरादों वाले।
हजारों ऐसे ही, हमें लाल दे।।

जो कहे, प्राण मेरी पुण्य थी।
प्रण मेरी, माँ धरा उबारना।।

बार-बार तेरी ही, आंचल में,
मैं जन्म लूँ, ऐसे ही माँ हमें पुकारना।।

तेरी आंचल में जन्म लूँ!
तु जैसा चाहें माँ,
वैसा हमें, संवारना।

तिरंगा तन पे, रहे लिपटी हमारी,
इस तिरंगे के लिये ही,
हैं; हमें जान अपनी यहाँ वारना,
ऐसे हीं माँ हमें पुकारना!

25) जोर देकर सोच!

चीन की राखियाँ,
फिर बंधी आज,
भाईयों की कलाई पे!
कर गया चीन फिर,
अपनी गाढ़ी कमाई!
हथियार की रौब दिखाता,
जो हमारे सैनिक भाईयों को!
सीमाओं पे हर पल,
जो कभी 1962 में जंग लडा!
और शहीद हुए हमारे ही भाई!
कभी नारों में कहता था जो,
हम हैं, हिन्दी-चीनी भाई-भाई!
ये वही चीन हैं भाई!
अब समझौता करना छोड़ो!
नसीबो की दुहाई देकर,
पाकिस्तान का साथ देने वाला भी,
ये वही चीन हैं भाई!
रह रहकर देता धमकियाँ,
डोकलाम से सेना हटा लो!
ये वही चीन हैं भाई!
बस एक धागा ही काफी हैं!

अपने भाईयों के लिए!
जो रिति-रिवाज हैं हमारी
क्या चीन उसे कभी मानता हैं भाई?
हैं बंधन, हम उसमें बंध जाए!
राखी चीन का ही हो,
ये जरूरी नहीं हमारे लिए भाई!
रिश्ते अपने कच्चे धागों से भी,
यहाँ निभ जायेंगे!
उन पैसों को हम बेवजह!
अपने दुश्मनों को क्यो देंगे?
जिनसे वो खरीदेंगे बम-गोले
जो हथियार हमारे ही विरूद्ध
रह रहकर यहाँ उठायेंगे!
फिर क्यों हम अपने यहाँ यारों?
चीन की राखियाँ लायेंगे!

26) बेटी बचाओ, बेटी पढ़ाओं!

यहाँ सबकुछ हैं, आसान।
मन की दुविधा मिट जाये!
देखो! झांसी की शान!
बेटी एक जवाहर की,
इंदिरा भी हुई महान!
मदर टेरेसा जैसी ही,
भारत की एक बेटी ने,
सिंचा ममता से, जगत-जहान!
ढुंढे चलो! हम भी,
उनके आंसुओं में,
अपनी भी एक पहचान!
आंसू भी छिपा लेती हैं!
बेटी अपनी दामन की,
मुसिबतों में होती इसकी पहचान!
हर दर्द छुपा लेती है बेटी अपनी,
होते चेहरों पर केवल मुस्कान!
बेटी बचाओ, बेटी पढ़ाओं!
यहाँ सबकुछ हैं आसान।
हैं झांसी, इंदिरा भी यही,
ये बेटी ही, हैं देश की शान!
बेटी बचाओ, बेटी पढाओ!

इसी में निहित हैं,
स्वदेश का भी कल्याण!
नदियों की जलधारा-सी,
पवित्र होती हैं बेटियाँ!
बहती ममता बेटियों में,
हैं; बेटियाँ ही भारत माँ की आन!

27) स्वचेतना

मैं सदियों से था!
मैं आज भी हूँ।
मैं दूर ही; कब था!
जो तेरे पास न हूँ!
तुम मुझे महसूस करों।
मैं हर पल तेरे पास में हूँ।
कोई आये; कोई जाये,
पर मैं रहता; तेरे साथ में हूँ।
बंदिशे मुझे बांध सकती नहीं!
और वादों में मैं यहाँ,
बंधकर रहती नहीं!
खोखले हो जहाँ, दावे इंसानों के,
भ्रष्टाचार भी वहां कम नहीं!
हम स्वच्छता की बातें करते,
क्या स्वच्छ हम?
कभी थे ही नहीं!
कभी तो सोच लिया करो!
स्वदेश के लिये,
क्या यह केवल देश हमारा हैं?
हम स्वदेश के लिए नहीं!

28) ऐसी एक इतिहास

कर्म हमारी आंधी!
हैं, जोश हमारे तूफान,
हौसले चुमते हैं,
यहाँ कदम हमारे,
हम ऐसे हैं इंसान!
झुकते हैं वही जो,
होते हैं गुणवान!
ऐसी एक इतिहास बनाओं!
जो हो; तिरंगे के नाम,
मरकर भी लोग यहां,
याद करें हमें; ये कि,
हम कैसे थें इंसान!
ऐसी हीं एक इतिहास बनाओं,
जो हो तिरंगे के नाम!
कर्म की गाथा हो यहाँ,
हर तरफ हम और हमारे देश की,
हम कैसे थें इंसान!

29) बसंत

बदला, बदला-सा हैं।
मौसम बसंत का!
हाथों पे मेहंदी,
मांगो पे सिंदूर,
है, राखी की धूम!
धान का बिचड़ा,
रोपती रोपनी,
और गाती बसंत की धून।
चारों और हरियाली छाई!
जहाँ गरमी से,
मौसम गया था सूख!
इतनी सुहावन मौसम,
चलती हवाये निर्मल,
रिमझिम बरसे बदरी,
घुमड़-घुमड़ कर बुम
मचा रही है धूम!
हैं; बसंत का आना सुन्दर,
और चमन में खिले हैं फूल!
पंक्षी गाये चितचोर घटा का,
हैं; देवघर नगरी में भी,
बाबा बैधनाथ का धूम।

हर-हर महादेव के नारों से,
हैं; गुंजायमान शिवालय।
तृप्ति आभा की बही बयार,
हैं; हरियाली चारों ओर घुम!

30) कलम की धार

कलम की धार,
जबसे हो गई धीमी,
चोर सिपाही के हो गये यार!
नेताजी चलें गुमान में,
भ्रष्ट हो गये; अफसर तबसे यार!
सुनता नहीं; गरीबों की कोई यहाँ,
कान की चर्बी बढ़ गई,
और बढ़ गया पैकेट का भार!
खाकर भ्रष्टाचार का पैसा; दो-चार,
गरीबों का गला सुख गया,
चिल्ला-चिल्ला कर बाबु पर!
अपराधियों के लिए दरवाजा,
इनका जो यहाँ,
दिन-रात खुल्ला रह गया!
मुलाकात उनके घंटों होते चार!
रातों में ही लगता दरबार इनका,
ऐय्याशी का आलम चलता हैं यार!
यहाँ; आज चोर सिपाही का,
क्योंकि हो गया हैं; वफादार!
जनता त्रस्त है; भाई साहब,

कभी तो देख लो; झोपड़ियों में भी,
बिताकर दिन यहाँ पर चार!

31) साथी ये साथ तेरा!

साथ ये कैसा है तुम्हारा आना?
हर बात पे रूठ जाना!
मनाऊँ तो; सनक दिखाकर,
दूर भाग जाना!
मैं बाँटना चांहु, हर पल,
खुशियों को तुम्हारे संग,
पर तेरा वहां न होना!
कितना संभालू मैं?
तेरे इस एक साथ को,
जो चुभता रहता हैं!
कभी आ-आकर दिल में,
दिल-से-दिल का, आकर जाना।
चाहता हूँ मैं बस एक,
तेरे साथ को!
हमसफ़र बनकर हमारे साथ,
जरा यहाँ पर आना!
मैं ढुंढता रहूँ बस तुझे,
हर पल, जरा पास आना।
साथी ये साथ अपना!
पड़ता है जन्म, जन्मों तक निभाना!

32) तिरंगा त्याग की मूरत!

त्याग और तपोबल की,
अपनी, ये पहचान तिरंगा!
आत्म बलिदानी रंग केसरिया की,
श्वेत रंग पहचान सच्चाई,
सत्य और अहिंसा की।
और हरा रंग हैं आंचल,
माँ के पहचान समृध्दि की।
हर दिल दिवाना था; और हैं,
ऐसी शान है अपने,
इस एक तिरंगे की।
देशभक्ति की लहर अलबेली,
गर्व हमें! अपने उन वीर सपुतो पे!
जिन्होंने खुद की खुन से होली खेली।
हैं; वीरता की वो आन तिरंगा,
पवित्रता हैं इसकी दिल में!
एक नहीं हजारों वीर सपुत के,
ऐसे ही, खेले इस माँ की आंचल में हम।
हैं; गर्व हमें अपनी भारतीयता पे!
तिरंगा त्याग की मूरत!
रोम-रोम में बसा हैं आज भी,

और कल भी बसा रहेगा!

ये धड़कने है हमारे दिल की।

33) जीवन की डोर कच्ची!

जीवन की डोर कच्ची!
जोर और झटके देकर नहीं,
प्यार से खींचे जाते हैं।
जीवन रूपी इस सागर में,
मोती लाखों ही ऐसे हैं।
जीवन खुशियों से हो भरी,
कोमलता की एहसासों तले,
इंसान जीवन की रंगीनियों में,
मृत्यु के आहट तले भी,
यहाँ हंस-हंसकर जीते हैं।
असिमित आकांक्षाओ,
और अभिलाषाओ भरी
दामन खुशियों से रहते खाली!
फिर भी इंसान आंसुओं को छिपाकर यहाँ,
अपनी लिखी; नियति पे हंसते हैं।
मृत्यु तो अटल हैं यहाँ पर!
इंसान संघर्षशीलता की राहों पर
बेफिक्रे फिर भी चलतें हैं!
संभववाद की संभावनाओ में
अपनी किमत पे किस्मत,
अपने दम पर लिखते हैं।

ऐसे हम इंसान यहाँ,
जीवन और मृत्यु की राहों पर,
फिर भी यहाँ पर चलते हैं।

34) कुदरत की इस कायनात में!

कुदरत की इस कायनात में,
सबकुछ हैं यहाँ क्षणिक!
सुन्दरता तो हैं कुछ पल की,
रच ने राखा रच को पर,
पल-पल बदलती तस्वीर यहीं!
जिन्दगी की सच्चाईयों से,
होता हैं, बहुत कम लोगों का सामना,
समझने वाला भी, हैं इंसान यहीं!
जब-जब हिचकोले लेतीं हैं, जिन्दगी यहाँ!
कायानात में बनती, हैं तस्वीर वही!
बनते बिगड़ते इस नसीबों के खेल में,
भर-भर आंसू रोते भी,
हैं; इंसान यहीं!
नसीबों का खेल निराला हैं!
यहाँ कभी अपने, तो कभी पराये,
समय अच्छी हो तो; सब साथ देते,
वरन बदलती तस्वीर भी,
हम देखते हैं वही!

35) मानवता हैं एक धर्म हमारा

इबादत करता हूँ मैं,
भारत माता की!
सजदे में सर झुकता है केवल,
वो स्वदेश हैं हमारा वही,
मस्तक पे तिलक! मातृभूमि की,
दिल में दहकते है; अंगारा वही!
सर कट जाए, तो कट जाए,
पर! सर कभी, झुकता नहीं यही,
आरज़ू है वतन के वास्ते,
मिटना केवल एक धर्म हमारा!
कफन तन पे हो अगर एक भी,
ये अरमान अपना भी हैं वही,
हो वो केवल एक तिरंगा!
वतन से हम हैं,
और वतन ये हमारा हैं वही,
भारतीयता ही हैं जाति अपनी,
केवल एक कर्म हमारा भी हैं वही!
हर धर्म से बड़ा हैं अपनी,
मानवता एक धर्म हमारा!
इस धर्म से बड़ा
और कोई यहाँ नहीं!

36) मेहनतकश किसान!

मैं जागु या न जागु!
पर समय पर जागते हैं यहाँ किसान।
लेकर हल-बैल खेत को,
जाते समय-समय पर हैं ये किसान।
मेहनत कर दिन-रात एक-सा,
मेहनत के बल से ही,
किस्मत अपनी लिखते है यहाँ किसान।
कभी खेतों की करते जुताई,
तो कभी फसलों को रोपते हैं यहाँ किसान।
सैनिक लड़ते सीमा पर,
पर ये मेहनत कर; पेट भरते हमारे
ये मेहनतकश हैं बड़े किसान।

37) इक दर्द

पर्वत बैठा मौन यहाँ,
झरने कलरव करतीं हैं!
पंक्षियो की मधुर तान,
और हवाओं की निर्मलता में,
दिल ये; आहे भरती हैं!
पर आज हमारी; यही
शांति और सुकून को,
किसी की नजर लग गई!
झारखंड की दुर्गम पहाडियों पे!
बसते हैं अब उग्रवादी!
हिंसा का दम्भ ये भरते हैं!
करने को क्या-क्या नहीं?
हैं; इनके पास आज यहाँ!
ये सामंतवाद की तरह ही,
समानांतर सरकार चलाना,
अपनी यहाँ चाहते हैं!
धर्मनिरपेक्षता की बागों में,
ये काटों का; फूल खिलाना चाहते हैं!
हमारे देश में ही; हमारे अपने,
यहाँ उग्रवाद की आग में जलते हैं!
सुकून खो गया है; अब

इन सुन्दर पहाड़ों का,
क्या बताऊँ? कितने दर्द
छिपे है,
इन पहाड़ों और पहाड़िनों का

38) किताब

किताबों ने अलख जगाया हैं।
हर युग में यहाँ!
हमें किताबों ने ही,
समाज का; आईना भी दिखाया हैं!
हर सीमाएँ लांघ गया ये,
कभी गीता, कभी कुरान,
तो कभी बाईबल के रूप में,
भटके लोगों को राह दिखाया हैं!
पर्वत से गिरकर झरने की तरह,
समता का पाठ भी; इसी ने हमें पढ़ाया हैं!
धर्मनिरपेक्षता की मालाओ में,
गुंथकर इसने हमें,
एकता और अखंडता का भाव सिखाया हैं!
यह धरोहर बनकर सदियों से,
हमारे बीच ही रहता आया हैं!
वाह री किताब!
तु कितनी, मासूम हैं फिर भी!
तुने दूनियाँ को अपनी,
हर रूप दिखाया है!
जिसने तुझे जाना, वो तोरा हो गया!
कितना यार, याराना तेरा पुराना हैं!

39) कौन कहता हैं? नारी हैं कमजोर यहाँ!

कौन कहता? नारी है कमजोर यहाँ!
दुनिया के हर कष्टों को,
सहती हैं नारी!
फिर भी कुछ नहीं,
कहती हैं नारी!
कभी माँ बन, तो कभी बहन,
और कभी पत्नी बनकर,
सुने से हमारे घरों के आंगन में नारी,
स्वर्ग का एहसास कराती हैं!
कौन कहता? नारी हैं कमजोर यहाँ!
ये सत्तीअनसुय्या की तरह,
यम से भी,
पति के लिये, लड़ जाती हैं!
ये झांसी बनकर कभी रणभुमि में,
कौशल खुब दिखाती हैं!
बनकर इंदिरा कभी, देश चलाती,
तो कभी बन अरूणिमा सिन्हा ये,
एक ही पैरों के बल से,
एवरेस्ट फतह कर सकुशल, वापस आ जाती है।
कौन कहता? नारी हैं कमजोर यहाँ!
इस एक नारी के बल से ही,

यहाँ ये श्रृष्टि तो चलती हैं!
नारी हैं तो नर और नारायण हैं!
नारी तो सदियों से रही महान!
कौन कहता? नारी हैं कमजोर यहाँ।
नारी ही तो रचती यहाँ
श्रृष्टि की सारी विधि विधान।
नारी के रूप में पहले इस धरती पर,
माँ दुर्गा आई! बन नारी
शक्ति के इस अदम्य रूप को
इस बेटे का बारम्बार प्रणाम!

40) रिश्ते और वास्तविकता

जिस माँ ने गर्भ में हमें,
नौ महीने पाला!
बडे जतन से हमें,
कोमल बाहों की हार देकर,
विषम परिस्थितियों भी हमें सम्भाला!
अपने छाती से हमें लगया,
भुखे रहकर माँ ने फिर भी,
बडे जतन से घरबार सम्भाला!
रिश्तों को ही; माँ ने जिया हर पल,
और रिश्तेदारों को ही माँ ने प्यार से,
हमेशा हर एक को गले लगाकर!
बडे जतन से उसे भी संभाला,
पर आज सबकुछ यहाँ
बदला-बदला-सा हैं!
पहले सबकुछ, माँ से शुरू होता था, पर आज!
उसी माँ का प्यार, उस माँ की बोली,
पत्नी के आगे चुभने लगा हैं,
वाह री! दुनिया की दश्तुर हमारी,
जिस माँ की छाती के स्तनपान से,
चौड़ा हुआ ये जो सीना हमारा!
आज हमीं बेटा, भरीं सभा माँ को।

माँ कहने से कतराते हैं!
जिस बेटे के लिये माँ ने
दिन देखा न रात! पर वही बेटा आज,
बहुत हुआ; माँ अब कहने लगा हैं!
कर भी लिया करों, थोड़ा-थोड़ा काज!
बेटा ये बड़े रौब से कहता है,
पहले रिश्ते सहेजे जातें थे,
पर अब रिश्तों को लोग ढोते हैं!
पहले लोग माँ को माँ कहते थे!
पर आज हमलोग ही,
माँ को माँ कहने में डरते हैं!
कैसा रिश्ता है ये अपना?
हम हकीकत को भी,
स्वीकार करने से मुकरते हैं!

41) देखो खेल इन बाबाओं का!

राम रहीम के नाम पर,
यहाँ लाखों लुटे!
केवल बेबस इंसान यहाँ,
कोई छोटी-सी एक आश जगाकर,
बनना चाहता हैं भगवान!
रूपयो की इस चकाचौंध में,
फिर बहक जाता है इंसान!
इंसानों की बेबसी का फायदा उठा,
शोषण के इस कुचक्र में,
पिसता है केवल बेबस इंसान!
दुःख यहाँ इंसानो के दर,
फिर उससे उबरने के चक्कर में,
चैन खो देता हैंअपनी यहाँ इंसान!
हमारे पैसों के बल पे ही,
गुरमित जैसे लाखों बाबा,
बन जाते हैं हैवान वाह!
क्या खेल हैं इन बाबाओं का?
जरा सोचो समझो इस पर,
गहराई से चिन्तन करों इंसान!

42) माँ का दिल

पिता का प्यार सागर हैं
और माँ का दिल; आसमान!
सागर की जल से; प्यास मिटती,
तो छत्रछाया की तरह ही,
छाया है ऊपर आसमान!
माँ की ममता की कीमत,
हैं अनमोल यहाँ!
क्या चुका पायेंगा इंसान?
बरखा बनकर बहती आंसू!
इस माँ की फिर भी,
नहीं देख पाती; ये कभी भी,
किसी भी कीमत पर,
अपने बच्चों का नुकसान!
माँ ममतामई है माँ!
इस माँ की आंसू से,
फिर हम क्यों? हैं अनजान!

43) चाहता हूँ ऐ व्यथा हमारी!

चाहता हूँ ऐ व्यथा हमारी,
तु इतनी न मौन रहे!
माँ की ममता यहाँ,
खामोश रही पर,
उस ममता को सब जानते हैं!
पर पिता की खामोशी,
अब यहाँ कौन कहे?
चाहता हूँ ऐ व्यथा हमारी,
तु इतनी न मौन रहे!
सागर की तरह उठती हुई तरंगें!
उठकर भी क्यों न जाने,
सुख दुःख में भी यहाँ,
न जाने क्यों ममता को चैन मिले?
ममत्व की निर्मलता जलकर भी,
पुत्रों को अपनी ठंडक; देकर
खुद काँटों पर चलकर ममता को,
न जाने कितनी चैन मिले!
ममता निःशब्दता की मूरत हैं!
छाया में उसकी अजब खामोशी,
दिल जलकर भी उस माँ का,
ठंडक इस एक माँ के,

ही आंचल में ही हैं।
फिर भी प्यासा! दिल ममता का,
हर आहटों पर माँ! माँ! कहना
उस माँ के विषय में क्या कहूँ?
रहता हूँ मैं भी तो यहाँ!
मौन और निःशब्द इतना?
जिसने जीवन दी है भाई साहब हमें
उस बागवाँ के विषय में,
शब्द कम पड जातें हैं यहाँ!
ये तो हम ही क्या?
यहाँ तो सारी दूनियाँ कहे!

44) मन मंदिर हैं

मन मंदिर हैं!
तो दिल एक दरिया,
हृदय की इस अथाह गहराई में,
रूह बनकर रहती हैं प्रिया!
जेहन में चलता हैं,
हर पल जद्दोजहद,
कौन कहता हैं कि?
हमनें इसपे विजय पा लिया!
टुटते सितारों को लोग युहीं,
नाकाम कोशिश करते हैं जोड़ने की!
जुटता हैं, भी भला क्या?
हर टुकड़ा हियाँ!
हम मन को भटकाते है!
और दिल को तसल्ली देकर,
जो चीज़ खो गई हमारी,
हम उसे; उनके होने का,
केवल अहसास दिलाते हैं!
वैसे तो हम खुद को भी,
खुद के होने का; अहसास दिलाते हैं!
क्या धोखा नहीं, खाये हैं हम!

रूह तो बस रूह हैं!
आज हममें है, तो कल कहीं ओर!

45) पद और प्रतिष्ठा!

पद और प्रतिष्ठा के भूखे लोग!
सपने देखते हैं, वो यहाँ,
अपने लिये, इक सोने का रेल!
हो सवारी केवल हम यहाँ,
मैं ही आगे; मैं ही पीछे,
चलता रहे; जो लिखूँ मैं,
ये केवल एक खेल यहाँ!
मद में डूब; मदहोश हुए!
देखो कैसा है भाई?
यहां सत्ता का मेल!
ना कोई अपना; न कोई पराया,
फिर भी चलता रहता यहाँ,
हैं; सह और मात का खेल यहाँ!
लुल्हो की लाठी और लंगड़ो की बैल,
हर कोई चलता चाल राजनीति का,
चाहे हो वो क्यों न? आठवीं ही फेल!
क्या बताऊँ कितने दर्द हैं?
देश के हर कोने-कोने में,
लोग बैचैन हैं फिर भी यहाँ
कुछ तो लगे हैं हर-पल,
पद और प्रतिष्ठा को ढोने में!

पुंछ पकड़, लोग राजनीति चलते!
सगे भी परेशान हैं,
अपनों को आजमाने में,
जिन्हें हम धरती का,
भगवान हैं: कहते!
वो भी लगे हैं खून चुसकर-चुसकर।
एक शराबखाना बनाने में!
क्या है पद; और क्या प्रतिष्ठा?
सच तो बस! केवल सच है!
एक ही जान जमाने में!
हम भटकाते रहते हैं केवल खुद को!
खुद को ही क्यों खुद आजमाने में?

46) गुरुओं के गुरु

कभी वाल्मिकी हुये; तो कभी,
गुरुओ के गुरु! द्रोणाचार्य!
कृपा हुई इनकी तो,
बन गये कृपाचार्य!
कभी गुरु चाणक्य हुये,
तो कभी नोबेल विजेता,
टैगोर रविन्द्रनाथ!
मदनमोहन मालवीय ने,
रचा इतिहास देश का!
स्वामी विवेकानंद जैसे,
यहाँ कई गुरु हुए महान!
गुरुमाता मदर टेरेसा जैसी,
सर्वपल्ली राधाकृष्णन के,
दर्शन शास्त्र ने दिशा दिया,
भारत को एक नई पहचान!
ऐसे-ऐसे गुरुओ को,
सत्-सत् हमारा प्रणाम!

47) ये अहसास ही था!

ये अहसास ही था,
जिसने मुझे जगाया!
ये अहसास ही था,
जिसने मुझमें प्यार भरा,
और नफरतों में भी,
समता का फूल खिलाया!
ये अहसास ही था,
जिसने भारतीय संविधान को,
धर्मनिरपेक्षता का जामा पहनाया!
ये अहसास ही था,
जिसने जातिवाद की,
क्रुरूरता का दंभ मिटाया!
ये अहसास ही था,
जिसने जोड़ा हमें राष्ट्रवाद से,
और अखंड भारत का,
एक सुन्दर-सा स्वप्न सजाया!
ये अहसास ही था,
जिसने मेक इन इंडिया जैसा,
एक सफल प्लान बनाया!
ये अहसास ही था,
और आज भी हैं,

जिसके कारण हमारे देश ने,
गुरुता की और एक,
आगे कदम बढ़ाया!

48) अश्क!

मैं सदियों से हूँ!
और आज भी हूँ मैं;
बनकर तुझमे अश्क!
मैं बहती खुशियों में!
और दुःख में भी, बनकर अश्क!
नयना ताड लेती हैं जब,
मुझे चितवन से,
तब-तब बहती हूँ मैं; बनकर अश्क!
कभी अपनों के लिये,
तों कभी परायो के लिये,
बहा करती हूँ मैं; बनकर अश्क!
कभी इंतज़ार करती,
अपनी महबूब की,
ये स्नेहिल प्यारी आंखें!
डबडबाकर न बही,
तो भी मैं; रहती हूँ अश्क!
मैं तो दिल में हर पल रहती,
भावनाओं का समंदर हैं!
मेरा बहता अपना घर।
मैं तो उस ओर बहती!
जहाँ प्यार है; और नफरत!

मैं भी नहीं जानती कि,
मैं छलकता कब हूँ बनकर अश्क!

49) परख!

स्वर्ण पहचाने हे स्वर्णकार!
क्या कुम्हार उसे पहचाने हे?
परख जाने पारखियो की,
क्या कोई चाहकर भी,
सुख में इंसान यहां पहचाने हे?
इंसान तो वो है! जो,
दुःख में दर्द पहचाने हे!
सुखद घड़ियाँ हैं सबके खातिर,
दुःख क्या? इंसान यहाँ भुलावे हे!
पहचान तो हैं बस!
इन अंखियन को अपनों की,
हम तो बस आज है!
कल तो बस! बहना ही हैं,
लिखी इन अंसुअन की!

50) इंद्रधनुष

कहना कुछ था,
कह रहा हूँ; कुछ और!
शाम सुहानी थी।
हवाये मतवाली,
कोयल की कुक प्यारी,
झिंगुरो की सन्नाहट!
दिल खोल!
मादकता में झुम रही थी,
तरूण से लगकर तरूवर की डाली!
आसमान में दिखा अचानक!
सूर्य और उसके विपरीत में,
इन्द्रधनुष के सात रंगों की लाली!
चितवन के चितकोर में,
मैं! से मैं! भी हो गया खाली,
मैं बहक गया; चितवन को देख
शांत-शांत था; शाम इतना,
बहक जाये जिया फिर,
कहो क्यों न यहाँ?
चाहे कोई करले; कितनों रखवाली,
पश्चिम में सूरज
और पूरब में था इंद्रधनुष की लाली!

मैं भर गया था, मय! से
मैं मय और ये लाली!
वाकई क्या कहूँ!
इंद्रधनुष लग रही हैं
कितनी आज निराली!

51) शिक्षा और हम!

एक दिन शिक्षा ने,
माँ सरस्वती से पुछा?
बताओं माँ!
मै क्या कर सकती हूँ?
माँ ने कहा! तुम्हें पाने वाला,
धन्य होगा; तुझे पाकर,
फिर इंसान बनकर,
वो एक दिन सँवर जायेगा
यदि वो दूसरों को संवारेगा तो,
वो सोने की तरह निखर जायेगा!

तुझे जो बांटेगा, तु बढ जायेगी,
तुझे जो छिपायगा वो,
दीमक लगी लकड़ी की तरह ही,
घुन लगकर सड जायेगा,
तु श्रेष्ठ होगी हर युग में जा!
तुझसे ही इंसानों की तकदीर भी,
पल में बदल जायेगा!
पूजा जायेगा हर वो इंसान,
जो तुम्हें पायेगा,
समता तु ही ला सकती है समाज में,

और मिटा सकती है; गरीबी भी तु ही,
व्यथित होगा, जो इंसान इस संसार में,
उसे तुम सच्ची राह दिखाओंगी ✍
शिक्षा के जोत जलेंगे,
जिस-जिस घर में!
रौशनी खुद चलकर;
उस द्वार पर आयेगा!
इंसान; जिस दिन तुझे भुल जायेगा!
इंसान नहीं रह जायेगा!
कुछ भी हो यहाँ पर!
हर युग में,
तु ही पूजा जायेगा!

52) साहस

टकराती हैं लहरो से नाव,
पर वहां; हिम्मत हमारे हैं!
मौत से डरना क्या यहाँ?
जब लिखी किस्मत में ही,
कि; हम संघर्षों के मारे हैं!
फूलों से किस्मत,
नहीं लिखे गये हमारे पर!
और हम किस्मत की दे दुहाई,
किस्मत से ही हारे हैं!
हिम्मत करके देखों जरा,
कोई हिम्मत के आगे हारा!
तो किसी ने; हिम्मत से ही,
अपनी इतिहास बदल दी!
नाव टकराती है जब लहरों से!
किसी की हिम्मत बढ जाती,
और कोई यहाँ डर जाता हैं।
पर किसी की एक साहस से ही
वहां का इतिहास ही बदल जाता हैं।

53) लोहा लेकर लहरों से

खुद की लिखी तकदीर,
को, मैं कैसे बदलु!
लोहा लेकर लहरों से,
लडकर लहरों से ही!
हरदम लहरों में जीता हूँ।
लहरें यहाँ न हो तों,
मैं, भी तो ना हूँ!
लहरों से लडता; लहरों से जीतता,
लहरों से ही; लडकर भी,
अपनी तकदीर लिखता हूँ!
कसम खुदा, तेरी खुदाई की,
मैं तकदीर भी अपनी,
यहाँ संघर्षों से ही लिखता हूँ!
भले ही; भुल जाए मुझे कोई यहाँ,
मैं इतिहास के पन्नों में भी,
एक उम्मीद बनकर जीता हूँ!
मुझसे कोई सीखें या ना सीखें,
मैं बिंदास यहाँ पर जीता हूँ!

54) नूतन सवेरा

धुन का पक्का, धुनी बन,
नूतन सवेरा फिर होगा!
राह बडा कठिन हैं यहाँ,
प्रयास एक सच्ची कर,
पत्थर पे भी फूल खिलेगा!
लड सच्ची राहों को बनाने,
राही बनकर जो,
तु राह बनायें।
वही राह फिर यहाँ,
मंजिल को जायेगा।
लिखा होगा नाम,
तेरे स्वर्णाक्षरों में!
इतिहास के पन्ने पे,
हर सख्स कहेंगा,
फिर तेरी कहानी,
तु इतिहास में युगों-युगों तक,
अमर हो जायेगा! ,
तुमसे ही शुरुआत होगी फिर,
हर नूतन सवेरा जीवन की!
खुद संघर्षों के बदौलत,
फिर से एक यहाँ,

नया इतिहास बनेगा!

धुन का पक्का बन भाई!

नूतन सवेरा फिर होगा।

55) जुडाव

आपसे जुड़े हम,
ये सौभाग्य हैं; हमारा!
पत्थर पे भी हो,
जोआस्था हमारी!
बन जाता है;
वो भी इक दिन!
सर का ताज हमारा!
कोमल हो कोई यहाँ; फिर भी,
आस्था और विश्वास न हो तो,
तो बेकार है; उसकी भावनाओं में,
नदियों की तरह बह जाना!
नदियाँ तो सिंचित करती हैं।
बहकर भी जिन्दगी यहाँ!
पर बेकार है यहाँ झुठी,
काल्पनिक भावनाओं में बह जाना!
सपने दिखाते हैं; यहाँ लोग झुठी!
डुबने के बाद पता चलता हैं!
क्या खोया हमने?
और क्या हैं यहाँ पर पाया?

56) जख्म

जख्म कवल हैं हमारे।
और खुशियाँ हैं आंसू,
क्योंकि लोग यहां,
जख्मो को याद रखते हैं!
हम भूल जाते हैं वो पल,
जो खुशीयो में हमें मिलते हैं।
दर्द में ढुंढते हैं फिर हम,
अपने यहाँ कौन हैं?
पर सुख में तो हमें,
हजारों लोग मिल जातें हैं!
कहते हैं दर्द में फिर हम,
अपनों की एहसासे भी हैं!
इक सपनों की तरह वहम,
यहाँ तो अपनी औलादे ही,
छोड़ देते हमें भटकने को!
परायो पे भी हमें अब,
ऐतबार रहता हैं कम!
बेटा अपनी सुख के खातिर,
बेच देता हैं; अपनी माँ की आत्मा!
आधुनिकता हमें खलती हैं; वो,
जिसमें जबतक; किसी की,

जरूरत कहें जाते हैं हम!
यहाँ प्यार कम हो गया हैं,
अपनो के बीच;
केवल! आवश्यकता बनकर,
रह गयें हैं; अपनों के बीच हम!

57) उद्देश्य

उद्देश्य बड़ा हो या छोटा,
उसे पूर्ण करने को,
कर्म तो करना ही पड़ता हैं न!
कर्म छोटा और बडा नहीं होता यारों,
ये तो आंखों का धोखा हैं न!
शर्म करने वालों को यहाँ,
शर्म करने दो बस!
हया! शर्म का कोई पर्दा है क्या?
हँसते हैं लोग उनपे ही,
जो काम से ईमानदार हैं!
बेईमानो को हंसने के सिवाय!
और कोई काम है क्या?

58) आश

मुद्दत से रहा मैं! जिसका प्यार,
एक झलक के इंतज़ार में उसकी,
नींद आया करता था, दो बजे रात!
हर पल सोचता; उसके विषय में,
कैसी होगी? अपनी वो पहली मुलाकात!
बैचैन रहता मैं; उसके लिए
पलती आंखों में; ख्वाब हमारे,
वो कैसी होगी? सपनों की रात!
दिलों की धड़कन तेज होती,
काश! ऐसी होगी क्या?
वो अपनी मुलाकात!
लेकिन उसके तो,
कई चाहने वाले थे!
फर्क उसे कहा पडता था; पर!
हर आशिक सोचता ये कि,
मैं ही शायद हूँ उसका एक खास!
शादी उसके होते ही,
टुकड़े-टुकड़े हो गये
हम जैसों के कई,
हजारों दिल के आश,
कहिये कौन कहता हैं? यहाँ

किसी के लिए मैं भी हूँ खाश!
ऐसे हीं टुकड़े-टुकड़े होते हैं,
यहाँ कईयों के आश!

59) समझ

आप लोगों को समझिये,
पर लोग आपको ही,
समझने के लिए यहाँ; तैयार नहीं,
यहाँ खुद को ही श्रेष्ठ,
समझने की होड़-सी लगी हैं।
और उसे साबित करने के लिए,
बेताब हैं यहाँ; दिलों जान से लोग,
और गुरु बन हम चाहतें हैं।
जो गुरु ज्ञान यहाँ फैलाना।
पर झुठी; हर इक प्रयास हैं वो,
यहाँ सुखी डालियों को झुकाना,
झुकते हैं यहाँ; फलदार वृक्ष।
क्योंकि हम कृतज्ञ हैं उनका!
भरते हैं वो पेट हमारी।
उनका एहसान है हमपे!
क्योंकि खुबियो का यहाँ,
उनका हर कोई हैं दिवाना!
फिर क्यों अडे हैं लोग यहां?
खुद को आज दिखाने में,
सुरत अच्छी हो तो ये मानकता नहीं,

यहाँ तो अधूरा हैं हर इंसान,

गुरु ज्ञान के बिना!

60) राम, रावण और हम

हम ही रावण, हम ही राम,
आप बताओ जरा हमें?
आपकी बहन की किसी ने,
यहाँ नाक काट दी हो!
तो आपका फर्ज, वहां क्या होगा?
रावण ने तो; भाई होने का वहां,
बस एक फर्ज निभाया!
वो अपराधी जरूर था।
पर सीता माँ को; माँ की ही तरह,
अशोक वाटिका में रखा,
एक बार हाथ तक नहीं लगाया!
अपराध जरूर हैं ये!
किसी की पत्नी का अपहरण करना!
पर रामजी का आदर्श,
एक बेटा, भाई, पति, पिता
और प्रजापालक के रूप में,
हर स्थान पर उभरकर आज!
सोने की तरह खरा निखरकर,
हमारे समाज के सामने आया!
इसलिए रामजी आदर्श हुए,
हमारे समाज के लिये!

पर सच्चाई कुछ और ही हैं,
कि हम हर रूपों में यहाँ जीते हैं!
जब खडे होकर रोड पर,
लाईन मारते, तो खुद को हीरो
और दूसरों को विलेन समझते हैं।
क्या ये आदर्श हैं हमारा?
नहीं न; बताईये जरा,
क्योंकिआदर्श अच्छे लगते हैं,
किताब के पन्नों में हमें!
हकीकत में हम रामजी के,
आदर्शों का पालन नहीं करते!
इसलिए हम ही राम,
और हम ही रावण बनकर,
यहाँ दोनों रूपों में जीते हैं!
कैसे पहचाने हम उन लोगों को,
जो दुहरे चरित्र लेकर यहाँ जीते हैं!

61) दर्द

हर दर्द दिखता कहाँ,
यहाँ, सिने में उठने वाला!
अपनों की जुदाई,
और बस अपनों का है यहाँ!
हमें सिर्फ इक गम,
कभी इन अपनों से भी,
बाहर निकलकर देखिए,
यहाँ और भी बोहोत हैं गम!
इक कन्धे पर बेटे की अर्थी!
और इक माँ बहु-बेटे की यहाँ,
प्रताड़ना की हो रही, शिकार!
यहाँ बढ़ रहा व्यविचार,
और बढ़ रहा है अत्याचार!
माँ तड़प रहीं अपने बेटों के लिये,
और बहनों पर हो रहा अत्याचार!
कभी अपनों की सीमाओ से,
निकल कर देख जरा बाहर,
उन तूफानों को,
जिसका हमें एहसास नहीं,
जो रोज यहाँ पर उठते हैं!
दर्द और भी हैं यहाँ,

कई हैं उन सिनो में!

जो बेबसी मे रह-रह कर,

तन्हाई में जलते हैं।

62) भाग्य

विश्व पटल पर स्थापित हो,
मर्यादा की; इक बात,
भाग्य भरोसे; न रहना मानव,
लिख दो कलम से आज,
तानाशाह की तानाशाही,
और हो रही राजनीति की
जो चारों तरफ इक बात।
भाग्य भरोसे यहाँ,
कुछ मिलता नहीं,
इक कर्मों की ही; जो हैं,
हो यहाँ पर बात,
भाग्य भरोसे कहने वाले,
मिट जायेंगे आज,
भाग्य की रेखा गढ़ लो मानव!
चलो कर्म करों तुम आज!
चलो कर्म करों तुम आज!

63) यहाँ की राजनीति

चूल्हा के ऊपर चूल्हा!
चढ़ता चूल्हा!
हैं; चूल्हा कहीं विरान!
कहीं दवाईओं की,
हैं; होलिका जलती!
तो कहीं पर; बिना ईलाज के,
हैं; मर रहें इंसान!
बिकती हैं आबरू,
कहीं सड़कों पे; तो,
कहीं आबरू के लिये,
हैं, मर रहें इंसान!
यहाँ मिलते हैं,
सोहरत पैसों से!
लुटने वाले हीं हमें!
लुटेरे बन बैठे हैं; भगवान,
चूल्हा के ऊपर चूल्हा!
चढ़ता चूल्हा!
हैं; चूल्हा कहीं विरान!
कहीं मानव पर; मानक सोना,
पर यहाँ की राजनीति,
हैं, अघोंड़ियों का शमशान!

दर्द तो वहां भी हैं!

पर ये, है कैसे इंसान?

भगवान, भगवान, भगवान

64) इंसाफ तो सपना हैं

दफा बेचता दारोगा!
इनज्युरी बेचता; यहाँ डाक्टर हैं!
न्याय बिकती, यहाँ न्यायालय में,
यहाँ सुनने वाला; कहाँ कोई,
फरियाद बेबस इंसानों की!
बिकती हो जहाँ बेबसी!
नित, बाजारों में हरदम,
कोई एकाध! मिल जाता हैं।
यहाँ इंसान हजारों में!
उदाहरण बनकर रह जातें हैं।
यहाँ कई ज़िन्दगियाँ!
भले ही नीति और नैतिकता,
इतिहास के पन्नों में,
भले ही अहमियत बढ़ाती हो,
बन किताबों के पन्नों में!
लेकिन! हैं सच्चाई यहीं,
कई नामें यहाँ; कलम बेचती हैं!
जो हस्तियां हैं, हमारे समाज की,
इसलिए इंसाफ तो,
बस सपना हैं यहाँ!

जहाँ भ्रष्टाचारियों के लिये बनें हो,
हजारों रास्ते बच निकलने की!

65) बेबस जीयां

हसरत कुचल कर,
रह जातें हैं!
देखा सपना जिसका,
था; हमारा बचपन!
जो हाथे गढ़ती,
कभी देश की रेखा!
घिस-घिस कर हो गई,
उम्र की पचपन!
ढ़िबरी जलाकर,
ढ़िबरा चुनना!
बाल मजदूरी में,
खो गया आज,
हमारा कल का बचपन!
हुआ सवेरा फिर कहा?
पेट की आग बुझाने में!
हमारे जैसे हजारों, बेबस जिया!
जल रहे हैं; आज भी लाखों,
यहाँ बेजार जमाने में!

66) क्या कर रहा यहाँ इंसान?

क्या कर रहा यहाँ इंसान?
झुठे दिखावे के!
उनके लगने लगें हैं ये आन,
बस! लगें हैं वो क्यों?
हमें भरमाने में!
कल लुटकर जमा किया!
और आज बेच रहा पहचान,
आजकल जमाने में!
इस तोल-मोल की दूनियाँ में,
डाकू बन बैठा; जो प्रधान,
पर हैं; यहाँ भी कई,
भंगी जो इंसान!
नंगा नृत्य करता है दुर्गूण!
प्रश्रय पाकर पखवाड़े में,
लुट रहा बोटी-बोटी,
बस लगा हैं; आज भी क्यों,
इंसान अपनी दिखावे में!
मर रहा कोई चित्कार; यहाँ
पर कई हाथों को,
यहाँ मजा आ रहा हैं!
एक मानवता को एक मिटाने में!

हैवानो के साथ निकल पडें।

जत्थों को भी मजा आ रहा हैं क्यों?

इंसानियत का गला दबाने में!

67) दीवार

सिंचते रहे हैं जिन्दगी,
बनाने को हम झुठी पहचान!
महल खड़े होते हीं दिलों में,
बस जातें हैं; बन वहम शैतान!
पत्थरों के आशियानों में,
पिसते नजर आते हैं यहाँ,
कईयों इंसानों के अरमान!
कब्र भी नहीं बन पातीं,
बना रहे; हम जो,
यहाँ एक आशियान!
मृत होते हीं हम,
पटक दिये जाते हैं बाहर!
जैसे नहीं हो इसके बाद,
यहाँ अपनी कोई पहचान!
फिर भी हम क्यों तरासते हैं?
अपने लिये एक आशियान!
तो फिर क्यों न सिंचे? चलो हम,
उन बेबस जिन्दगीयों को,
जिनके भी हैं यहाँ,
कुछ छोटे-छोटे अरमान!

68) दुर्भाग्य हैं गांधी के इस देश का!

हमने दुआ मांगी शांति की,
पर स्वदेश जल रहा!
स्वार्थ की आग में आज,
सच्चाई और अहिंसा कम,
पर भ्रष्टाचार की आग में,
पूरा देश जल रहा हैं!
अमन की चाह में,
गांधीवादी राहों के; राही पिछड़े,
सच्चाई नित बिखरे,
ओर नैतिकता का पतन हुआ!
भ्रष्टाचार की एक आग में,
इसलिए तो पूरा देश जल रहा!
शर्म से आंखें झुक जातीं हैं!
यहाँ पसीना जनता का बहता,
उन्हीं पैसों पर कोई यहाँ,
अपने ऐय्याशी का,
सारा जहां सिंचता हैं!
दुर्भाग्य हैं गांधी के इस देश का!
जहाँ गांधीवादियों को प्रताड़ना,
ओर देशद्रोहियों को,
यहाँ पनाह मिलता रहा!

69) हर हाथ उठे

सृजनता के सार में,
बैठा न हो कोई,
यहाँ अन्धकार में!
प्रेम की निर्मल धारा,
बह चलें संसार में!
हर और हो उजाला,
बैठा न हो कोई,
यहाँ अंधकार में!
भाई-भाई के साथ चलें!
बंधन न हो कोई यहाँ,
न दूरी हो इस,
सृजनता रूपी संसार में!
हर हाथ उठे यहाँ,
अपनी जहान सजाने को!
कंधों-से-कांधा मिलाकर,
चलें युं! हम भाई-भाई,
भाई के साथ निभाने को!

70) तुष्टि

बदल रहे हम; या,
बदल रहा; हर इंसान यहाँ,
सुरत ही पहलें मूरत थीं!
न था; कोई भगवान यहाँ!
हमने ही आस्था रखी थीं,
जो बन बैठा भगवान यहाँ!
मंदिर, मस्जिद, गिरजा, गुरुद्वारा
ओर बनाया हमने हीं,
अपनी भी कब्रिस्तान यहाँ!
ये तो तुष्टि हैं; दिलों-दिलों की,
जो बन बैठा भगवान यहाँ!
ना बदला ये संसार,
ना बदला भगवान यहाँ!
बदल रहे तो केवल हम!
और केवल हम इंसान यहाँ,
सुरत पहले मुरत थीं; सच्ची,
न था; कोई भगवान यहाँ!

71) संयम

संयम क्या? केवल हमीं रखे,
तुम हमारी यहाँ,
क्या? खून की नदियाँ बहाओगे,
लहू हमारा पानी हैं क्या?
रंग उसमें तुम यहाँ,
और क्या मिलाओगे?
तुम खुद ही; उस आग में,
हो, जल रहे सदा से,
कश्मीर में तुम क्या?
आग और लगाओगे!
बुझती हैं यहाँ!
हर आग वो; एक दिन,
राख पानी की तरह ही,
तेरी भी यहाँ बह जायेंगे!
तेरी लगाई चिंगारी एक दिन,
तुम्हें ही इतनी जलायेंगे!
पानी-पानी मांगोगे एक दिन!
पर हर वो शोले धधकते जायेंगे!
बारूद के ढेर पे खडे हो तुम!
तुम क्या हमें मिटाओगे?
अर्थी सजा लो तुम!

अपनी अभी से हीं,
हम कांधे देने आयेंगे!

72) संघर्ष

संघर्षों की लिखी हैं गाथा!
झांसी की तलवार ने,
वीर कुंवर सिंह ऐसे लडें!
जैसे हो; शेर एक दहाड़ के!
और बरछी, तीर, कटार से,
तिलका की ये पावन भूमि,
संघर्षों से सींचा भारत माँ को,
इनकी शिक्षा और बलिदान ने! बिरसा मुंडा की आन,
और गांधी की शान ने!
चलें गांधी राह सत्य की,
और भारत माँ को सींचा,
उन संघर्षों के तान ने!
लाला लाजपत राय की,
साईमन वापस जाओ के,
इक विरोधी स्वर के आह्वान ने!
भारत छोड़ो आंदोलन,
और सुभाष की नाराओ से,
तब उबाल आया;
अपने हिन्दूस्तान में!
भागे अंग्रेज थर-थर कांपे,
शाम पन्द्रह अगस्त 1947 को,

अपने हिन्दूस्तान से!
संघर्षों की लिखी हैं गाथा,
ऐसे लाखों अपने हिन्दूस्तान ने!

73) अपराधी

क्यों जाति-पांति यहाँ बदनाम हैं?
अपराधी जो भी हो,
वो न तो हिन्दू,
और न ही मुस्लमान हैं!
अपराधियों का अपना,
यहाँ कोई धर्म नहीं होता!
बेबस और लाचारो को लुटना,
इंसानों की हत्या करना!
और मासुमो की इज्जत से खेलना!
केवल उनका एक काम हैं।
दहशतगर्दी धर्म हो जिसका,
फिर ये धर्म क्यों यहाँ बदनाम हैं?
जिसके खुन में; पलती हैवाननियत!
उन हैवानो का यहाँ,
कोई बताओ तो जरा?
ऐसा कोई एक अपना धाम हो।
हैवान केवल हैवान हैं।
हैवानियत ही उनका एक काम हैं।
झुठ-मूठ के; धर्म फिर क्यों?
यहाँ बदनाम हैं!
मौलवी और मुल्लाओ का,

बाबा और उनके चेलों का,
देखते होगें ना आप!
यहाँ नित समाचारों पत्रों में,
कितने अच्छे काम हैं?
धर्म की सार समझ जाओ,
लड कट कर मरना छोडो!
इंसान हो और इंसानों को पहचानो,
धर्म तो जोड़ते हैं यहाँ,
इंसानों को इंसानों से!
फिर हम क्यों नहीं पहचानते?
इंसान होकर भी इंसानों को!

74) कलाम

कलाम,
तु वाकई कमाल हैं!
तेरी यादों में
बहते है आंसू!
तु पुत भारत माँ का,
इतना ही बेमिसाल हैं।
तेरे योगदान को हम,
भुल ना पायेंगे कलाम!
आप तो खुद में ही,
एक जीता जागता
सच्चा सपूत हिन्दूस्तान हो!
तेरे कलमें में रामायण और कुरान,
आपके जन्मदिन पर,
आपकों हमारा सलाम है।

75) गुस्ताखियाँ

गुस्ताखियाँ माफ हो,
छोटी मुँह और बड़ी बात!

हम हीरो; और खलनायक हैं आप,
पहले तो हर लोग यही सोचता हैं!

सामने से आ रही हो जब,
बन-ठन कर कोई अपनी; खास!

हम दुसरो की अमानत को,
देखतें हैं; कातर नजरों से!

लगता हैं कि; खा जायेंगे,
उसे अभी के; अभी आप!

वही परिभाषा बदल देते हम,
जब होते आपके; घर के बात!

नजरें बहुत कुछ कहती हैं,
जरा संभलकर चलना आप!

आपसे एक इल्तिजा हैं; हमारी,
बदल दो ये; दो परिभाषा आप!

76) जातिवाद

जातिवाद का; एक भ्रम!
बताओं कहां जा रहे अब?
जरा यार यहाँ; पर हम?
हमने केवल दंभ भरा,
हम को; हम होने का,
इंसानियत मिटाने को,
हैं; ठानी हमने,
वो भ्रम पाले हैं हम!
फिर इस मार-काट से,
क्या उबर पायेंगे हम?
हम, हम पर हावी हैं!
केवल रह जायेंगे हम!
जातिवाद एक भ्रम हैं!
नफरतें बोकर हम, जमीन पर,
क्यों नफरतें पाले?
एक यहाँ अब हम।
क्या खुद के दर्द हमारे?
हैं; यहाँ पर कम!
चंद लोगों की हम,
भाषा बोलते हैं।
केवल तब हम पर,

हावी होता हम!
बताओं कहाँ जायेंगे?
फिर एक अकेले हम।

77) वैभव

इतिहास हमारा भुल गया शायद!
उस एक युग पुरुष को,
जिस महापुरुष ने वैभव से भरा,
राजा बनकर अपने देश को,
सोने की चिड़ियाँ कहलाई,
अपनी भारत माता!
भुले बिसरे ग्रंथों को संग्रह कर,
एक नया आयाम दिया!
भारत माता के वैभव को,
पराकाष्ठा के उच्चाईयो तक पहुंचाया।
भारत को विश्व पटल पर स्थापित कर,
सच्चे सपुत होने का एक पहचान दिया!
विक्रम संवत् चलाकर,
अपने राज्याभिषेक पर!
भारत माँ का गुणगान किया।
चहुँओर शांति सुकून और आदर्शों
को,
एक कोमल आयाम दिया! जिम्मेदारियां निभाईं ईमानदारी से,
प्रजाहित हर काम किया!
हम भुल गयें; शायद उस महापुरुष को,

जिसने भारत माँ को,
वैभवता का एक नया उपादान दिया!

78) गांधीवाद

आज झुकने का मतलब,
लोग कुछ और समझते हैं!
पहन लिया जो तुने,
कुर्ता यहाँ सच्चाई की,
साथ बहुत कम हैं आज,
लोग उस एक अच्छाई की!
भरमाते हैं लोग यहाँ!
दिखाकर राह बेईमानी की,
हर मोड़ पे खडे हैं ठग!
बेईमान लगें हैं; इस फेर में,
हैं; दिन में ही तारे लगे,
लोगों को दिखाने की,
पर गांधीवादी प्रासंगिकता,
यहाँ कभी कम न होगी!
दो कदम ही चलकर,
पर कुछ ज्यादा ही,
जल्दीबाजी में हैं लोग!
गांधीवादी नाम भंजाने की!

79) भावनाओं की भंवर

रस चाप का लेकर,
चेहरा मुस्कान भरता हैं!
दु:ख में भरता आहे!
और सुख में ये; श्रृंगार करता हैं।
भावनाओं की भंवर में डूबकर,
चाहता हैं; हरबार ये निकलना!
पर हर भंवर पार करना,
हैं; यहाँ आसान कहाँ?
भावनाओं को यूँ; खुला न छोड़,
सीख इसे भी; जरा सम्भालना!
जो चुक जातें हैं; मौका हम,
मौके के रहते यहाँ,
याद रखना; ये जीत का सेहरा,
हैं; फिर भाईयों मिलना कहाँ!
ये जीत भी मिलता हैं उसे,
जो अपने पथ पर रहता,
हैं; अड़िग खड़ा यहाँ!

80) कुछ ऐसा करों

हैं; गर्व की, हमें ये,
कौन-सी मादकता?
जिसके स्नेहिल छाँव में,
हैं; दिल वो; कौन-सा?
जो यहाँ; नहीं झुलसता?
हैं; वो कौन-सी ठंडक
जिसे पीले; हम तो,
फिर दिल को प्यास,
यहाँ नहीं लगता!
हैं; वो कौन-सा रास्ता?
जिसपे चल राही थक जाए!
और मंजिल को फिर,
वो राह नहीं मिलता?
हैं; समरसता की,
कसौटी यहाँ प्यार!
मादकता में उसका,
वो एहसास नहीं मिलता!
गर्व से सबल हो,
कुछ ऐसा करों,
अपने देश का सीना!
मर भी जाये हम तो,

सफल हो गया समझो,
यहाँ पर अपना ये जीना!

81) किताब

मैं किताब हूँ।
तु मेरी लेखनी,
मैं जज्बात हूँ!
और तु मेरी रौशनी।
सबकुछ कह देता हूँ,
मैं तुमसे यहाँ,
अपने दिल की बात।
सुख, समृद्धि और हर सोहरत,
हैं; तुमसे हीं आज यहाँ!
तेरी रौशनी में हीं,
पलती हैं हर जिन्दगी!
तुझपे तो गर्व करता,
हैं; हर इंसान यहाँ!
जो तु देती है; जिन्दगी!
हसरतें हमारी तब,
भरती हैं; एक नईं उड़ान यहाँ!
तु देती है; हर इंसानों को,
एक नई पहचान!
तु इन्कलाब हैं।
शिक्षित समाज की,

जय, जय, जय हो
किताब देवता की यहाँ!

82) देख बलिदानी

देख बलिदानी, वीर सपूतो की,
हमें अपनों पे; रोना आता हैं!
जिन्होंने स्वदेश के लिये,
सबकुछ त्याग दिया; अपना,
उनके कर्मों से; मिलीं आजादी,
और हम; उन देशभक्तों को हीं, क्यों यहाँ पर; भूल गयें?
भ्रष्टाचार का आलम ऐसा!
हैं; कुकृत्यो का राज यहाँ!
राजनीति भी उनकीं पूजा करती,
जो बाहुबली हैं; आज यहाँ!
चंद अंगुलियों पे; हैं,
नाचती क्यों सरकार यहाँ?
खाद्यी, खद्दर, काला कोट,
क्योंकि ये तीनों हो यार जहाँ!

83) चुभन

किसी को सच्चाई,
यहाँ चुभती हैं!
तो; आप चुभने दो,
पर बात अपनी; रखों,
बड़े ही अदब से और,
एहसासों का दीया; थोड़े,
प्यार से ही जलने दो!
कोई प्यार अपना,
दिखा न सका; यहाँ तो,
नफरतों को उनके,
सुबह से शाम तक पलने दो!
कैसे बताऊँ मैं आपको?
किन आहटों में जीता हूँ!
तड़प-तड़प कर करवटे,
बदलता और मैं सोता हूँ!
बनकर मैं भी जख्म,
एक; स्वयं का आज,
हरदम; अंगारों पर चलता हूँ!
ऐसे ही संघर्ष पथ पर,
आगे बिना रूके ही बढ़ता हूँ!

84) सुन्दरता

रूप की सुन्दरता का,
अब रहा न; उतना मान!
गुणों से भरें; गुणीजनों का,
होता हैं; समाज में,
अजब! यहाँ पर एक मान,
दीपक बन वो; जलते हैं!
दुसरो के लिए नित,
खुद अंधेरे में जलकर भी,
रौशन दुसरो की; जहां करते हैं,
बनकर एक नेक इंसान,
सोचते हैं; समाजिक हितों में,
रहते हैं; चिन्तन में लीन!
और तत्परता से करतें,
वो उनका यहाँ निदान,
मुसीबत में हो; अगर कोई,
हो अगर कोई; यहाँ गमगीन,
सज्जन सरोकार हित,
हैं; यहाँ मानवता का!
गुणीजनों का रूप होता,
इतना ही यहाँ महान,
सौम्यता का प्रतीक यहाँ!

मानव हितों में छुपा हैं,
गुणों का, हर प्रीत यहाँ!
वही बन जाता हैं; पल-पल
मानवता की कसौटी
पर; कसकर कोई एक स्वर,
बन जाता हैं एक दिन
प्यारा-सा एक संगीत यहाँ!

85) छाया

तरुवर की छाया में,
सुकून के; वो दो पल!
जिन्दगी के हर एहसास को,
देता हैं; एक नया कल!
पर्वतों की उच्चाईंयो पे; बैठे,
हम; केवल यहाँ एक,
अवलोकन कर सकते हैं।
पा नहीं सकते; हम,
वो सपनों का; सुनहरा कल!
क्योंकि इन्हीं एहसासों ने,
जिन्दगी को यहाँ,
जिन्दगी से जोड़ा हैं!
छाया ममता की हो,
या छाया; यहाँ तरुवर की,
सपने तो सजते हैं; अपने भी,
कहीं-न-कहीं इनकी छाया में हीं,
ममता की कोख में; ले अंगड़ाई,
पलते तो हम भी हैं!
कहीं-न-कहीं इसी छाया में हीं,
फिर हसरतें पुरी होने पर,

सो जातें हैं; गहरी नींद में,
इन्हीं के छाया में हीं हम!

86) ख़्वाहिशों

ख़्वाहिशों के ऊँचे,
उड़ान का एक,
आज! मैंने ताना बुन दिया।
जीतने के लिये यहाँ,
हर पल संघर्ष किया!
अपने दम पे लड़ा,
कभी-कभी टकराई,
मेरी इच्छा शक्ति; दूसरों से,
तो; कभी खुद से ही मैं,
टकराकर रो लिया!
लाखों में जला; मैं भी एक,
सत्य की राहों पे,
बनकर उनके तरह हीं,
यहाँ एक चिराग!
पहले अंधेरों से; डर लगा था,
अब अंधेरे हीं अपने,
हैं; यहाँ एक पहरेदार,
रौशनी हैं; चारों तरह मेरे,
हसरतें टकराकर टुटे; अफसोस,
फूलों से ये मेरे,
टुकड़े-टुकड़े हो गयें,

हमारे दिलों के दो-चार,
अंधेरे अच्छे लगते हैं; अब हमें,
क्योंकि अंधेरों में; छुप जाता हैं।
हमारे हर चेहरों के भाव!

87) आजादी

ये आजादी कैसी हैं?
जहां आम इंसान भी,
फूट-फूट कर रोता हैं!
नफरतों में पलती बेबसी,
और नफरतों में ही,
बस इंसान; यहाँ पर पलता हैं!
दीवाली तो हैं; उनके लिये,
जो लक्ष्मी के आंगन में खेलता,
और पलंग पर जन्म लेता है।
दीवाली हैं क्या ये? उनके लिये,
जो दो जून की रोटी को,
दिन-रात यहाँ पर तरशता हैं।
तन ढ़कने को वस्त्र नहीं,
मन में द्वन्द; बस चलता हैं!
आजादी हैं क्या ये?
जहाँ लुटती हैं; आबरू बहनों की!
और होतीं हैं; परेशान!
कैसी आजादी है ये भाई।
जहाँ सच्चाई की आवाज़,
टंग जातीं हैं दीवारों पर!
होता कहाँ इंसानों को?

इंसानों का पहचान,
आदमी है हम सभी यहाँ,
केवल इंसानों को पहचान
भारत अपनी भूमि हैं!
हम सब हैं इसकी शान।

88) अभिव्यक्ति और आस्था

हर धर्म पंथ,
हैं, हर साज यहाँ,
बरखा की बूंदों-सा,
कभी-कभी बरसता,
हैं, प्यार यहाँ!
अभिव्यक्ति बन जाए,
ये जब शोला!
उसमें झुलसता कौन नहीं?
हैं तब; इंसान यहाँ,
आस्था पे चोट!
करें जो कोई,
तो फूट पडता हैं,
भावना बनकर क्रोध यहाँ!
उन आग की लपटों में,
तब झुलसता कौन नहीं?
हैं, उसमें इंसान यहाँ!
हर धर्म पंथ,
हमें यहाँ हैं प्यारा!
पर जिसमें झुलस जाए,
यहाँ आस्था की गरिमा!
बेजा ये धर्म पंथ का,

हैं ये वो कौन-सा नारा?
बस झुलसते रहे हम!
ये कहा तक अब हमें?
हैं बस गँवारा!
सर्वधर्म समभाव ये,
कल भी हमारा नारा था!
और आज भी ये हमारा हैं!
राजनीति करने वालों,
ये राजनीति करना छोड़ो,
क्योंकि ये भारत भूमि हैं; हमारा है!

89) मातृभूमि की आत्मस्पर्श

आसमान में उड़ने वालों,
आत्मस्पर्श कर जरा,
अपनी मातृभूमि को देख!
इसके आन को इक,
मिट गयें लाखों!
मस्तक पे अपनी,
इस माँ की धूल,
जरा लगाकर देख!
चैन इतनी और कहाँ,
इस माँ की आंचल का,
मातृत्व स्नेह जरा,
तु यहाँ लेकर देख!
त्याग की इस तपोभूमि को,
जरूरत पड़ने पर,
हर वीर सपुत यहाँ,
अपनी शीश चढ़ाता हैं!
इतने आदर्श, प्रेम व करूणा की,
शीतलता और कहाँ मिल पाता हैं!
मरकर भी जिन्दा,
जो हमारे देश के लिये,
अमर इतिहास बन जाता हैं!

मिट गयें लाखों; इस माँ के खातिर,
जो मस्तक पे माँ की धुल;
यहाँ माँ की लगाता हैं!
इससे बढ़कर और कोई
हैं तिलक कहाँ?
मरने वाला हर बेटा-बेटी,
होता हैं; माँ भारती का,
वो ही सच्चा पुत यहाँ!

90) समरसता का बीज

दर्द देकर वो सरक गयें,
यार बेदर्द बड़ा; ये जमाना हैं!
कराह रहा हूँ, मैं जमीन पे,
आप भी आओं; जरा,
आकर, हाथ सेंक लो!
खजूलाहट मिट जाए,
हर मन का सोच; क्योंकि,
बनता यहाँ सयाना हैं!
पूँछा नहीं; कभी भी उनसे,
क्या कसूर हैं तेरा?
झूठा यार; अपना भी कुछ,
यहाँ पर अफसाना हैं!
जिन्दगी की राहों को,
कड़वाहट से न भर दे हम,
जो अमिट छाप सीने पे,
कभी-न-कभी कर जाना हैं!
करें! कुछ ऐसा कि हम,
मरकर भी जिन्दा जो,
अमर इतिहास बन जाना हैं!
ऐसी ही एक बीज; समरसता का,

ले संकल्प! हम कल के लिये,
बोकर यहाँ से जाना हैं!

91) जंग

जंग सीमाओं पे हीं,
केवल यहाँ; लडें नहीं जातें!
यहाँ अपने देश के,
सीमाओं के अन्दर भी,
हैं; कई ऐसे लोग; यहाँ पडें हुए,
देश के अंदर हो खलबली,
बुद्धिहीनों के हाथों थमा बंदूक,
भाई को भाईयों के हाथों,
करवाने को खून, हैं पडें हुए!
तबाही छोटी और बडी नहीं होती, फिर क्यों हम यारों?
तसल्ली देते हैं उनकों,
जो अपनों को यहाँ खो देते हैं!
और हम कुछ करने के बजाए,
केवल यहाँ देखते रहते हैं!
पहचानो उन हाथों को,
जो आतंकवाद और उग्रवादियों को,
पनाह स्वयं की यहाँ पर देते हैं!
पहले उन्हें मिटाओ,
जो खुद को बादशाह,
अपने को; उनका कहते हैं!

92) आवाज़

जिन्दगी के हसीन पल को,
एक साज तो दो!
मौत आने से पहले,
अपने चाहने वालों को,
एक आवाज़ तो दो!
हो दफन दिल में,
वो लम्हें जिन्दगी की,
दर्द से कराहते हुए,
बीते हुए उन लम्हों को,
छूकर कोई एक नई,
वो एहसास तो दो!
पर्वतों पे बैठकर मैं,
गिन नहीं सकता,
दर्द की कड़ियाँ!
झोपड़े से ही हो सही पर,
अपने आत्मविश्वास को,
एक आवाज़ तो दो!

93) सांप्रदायिकता की आग

संघर्षों भरें इस पथ पर,
हैं; चैन की रात कहाँ?
आश्रय आंसुओं की,
नहीं; इन आँखों में,
चल पड़े; हम जो,
अशांति के राहों पर,
फिर तो रहा अब पास,
अफसोस का समय कहाँ?
हम ढूंढते रहे; रास्ता शान्ति का,
पर खाईं गहरी थी; न,
यहाँ पर; ये कम कहाँ?
आधुनिकता के तानों में,
खो गया यहाँ; ये सारा जहां,
माथा टेकना; हम नहीं चाहते,
दिलों को मिलता हो;
एक सुकून जहाँ!
साम्प्रदायिकता की आग में,
झुलसाकर इस दूनियाँ को,
न जाने हम उन्हें,
ले जाना चाहते हैं कहाँ?
मुकदर्शक बनकर सदियों से,

लुटते रहे हैं हम!
यहाँ गैरो के हाथों!
चेतना हमारी; तब भी थी।
और आज होकर भी,
न जाने वो गईं कहाँ?

94) कौन बदलेगा?

मैं क्या त्यागू?
तु क्या त्यागें?
जो कुछ हैं बस!
उसमें से ही सही,
थोड़ा-थोड़ा त्यागकर चल!
जब हर सूरत पे,
होगी हावी माया!
फिर कौन बदलेगा?
कहों देश की काया?
कौन हैं अपना?
यहाँ कौन पराया?
रात अंधेरी और,
घनीभूत हैं छाया!
कटु वचनों ने हीं;
ये हमें हमारे,
हैं; हमें ये दिन दिखलाया!
पाने इस माया को,
भाई-ने-भाई का,
हैं; यहाँ पर खून बहाया!
फिर कौन हैं अपना?
यहाँ कौन पराया?

जब हर सूरत पे,
होगी हावी माया!
फिर कौन बदलेगा?
कहों देश की काया?

95) टुटे हिस्से!

हम चलें! जहाँ से,
वो भी; एक किनारा था।
आंखों से आंसू छलक पड़े!
आज से पहले,
अपना भी कोई,
यहाँ हमारा था।
भावनाओं की डोर ने,
यहाँ बांधे; कई बंधन,
किसी ने तोड़ा,
और किसी ने जोड़ा!
उन्हीं टुटे हिस्सों पे भी,
लिखा एक नाम हमारा था!
हम चलें! थे जहाँ से,
वो भी एक किनारा था।
बस यादों में वो!
रह गयें; रिश्ते हमारे,
जो टुटने से पहले,
अपना भी कोई,
यहाँ हमारा था!

96) उत्सुकता उजाले की

उत्सुकता उजाले की थी!
मुझे अंधेरा मिला!
ढुंढता रहा मैं,
खुद की छाया!
एकांत लहरों की,
तरंगों से टकराकर,
दर्द से कराहता हुआ,
मुझे एक इंसान मिला!
जो; कई पर्वतों को,
पल में लांघ गया!
वो खुद हीं आज,
कंकड के लगने मात्र से ही,
भर भराकर टुट गया!

97) हूँ मैं भी; एक इंसान!

एक तिनके ने; यहाँ,
मुझसे पूछा? बताओं!
हैं; तेरी क्या पहचान?
मैंने उससे कहा,
एकबार तु भी,
बनकर देख ले!
यहाँ एक इंसान।
दुःख में आंसू बहाना!
सुख में हंसना!
और भावनाओं में,
बहकर तुम भी,
लुटा जाओगे, अपने प्राण
मैंने उससे कहा!
हूँ; मैं भी दोस्त,
वही एक इंसान!
बस यहीं हैं; मेरी,
अपनी एक असली पहचान!

98) हौसले

मुझसे टकराकर यहाँ,
हर चीज़ टूट जातें हैं।
सिवाय एक हौसले के!
मैं हारती रहीं हूँ; सदा,
ऐसे हौसले हैं;
यहाँ इन इंसानों के,
नफरत मैं नहीं करतीं!
पर प्यार भी नहीं,
यहाँ मुझे इंसानों से!
पर हौसला चीज हीं; हैं ऐसी,
जो हर पल चूमता रहा हैं,
सर यहाँ इंसानों के!
मैं तो केवल और केवल,
जागा रहता हूँ!
इसलिए यहाँ; बस एक कि,
डर हैं बस इतना!
पीछे छोड़ सकते हैं; मुझे भी,
ऐसे जुनून से ओतप्रोत,
हैं; हौसले इन इंसानों के,
हौसलों से सदा,
हारती रहीं हूँ मैं,

इसलिए सदियों से,
सहमी-सहमी हूँ; मैं,
देखकर हौसला इन इंसानों के!

99) झगड़ा नहीं किसी जात का

झगड़ा नहीं; किसी जात का,
मुँह फेर लेना; हैं ये,
फिर किस बात का,
हमें डर हैं; तो बस,
उसकी लाठी की,
इक आवाज़ का!
सब जानते हैं; उसे,
मुसीबतों में भी; सहारा,
बस हैं; उसके ही,
इक नाम का!
वक्त बदले, रिश्ते बदले,
श्याम हैं; फिर भी वो,
उसी के इक नाम का,
काशी में, काबा में हैं,
चलती हैं येरूस्लम
में हीं नहीं, पूरे विश्व में,
उसी के इक; पैगाम का,
झगड़ा नहीं किसी जात का,
मुँह फेर लेना फिर!
अपना यहाँ; किस बात का,
हमें डर हैं; तो बस,

उस ऊपर वाले की,
लाठी की तल्ख भरी,
इक आवाज़ का!

100) जिन्दा रहे पुरूषार्थ!

मैं सुबह का हर,
वो एहसास बाँटता हूँ!
प्यार के साथ-साथ,
वो विश्वास बाँटता हूँ!

अहिंसा के पथ पर चलकर,
शान्ति का एक,
पैगाम बाँटता हूँ!

ताकि जिन्दा रहे,
जुनून दिलों में,
एक सुनहरे कल के लिए,
दिलों की गहराईयों से,
सच्चा वो एक विश्व में,
सलाम बाँटता हूँ!

यही हैं; एक स्वार्थ,
प्यार मिले-ना-मिले,
कोई गम नहीं,
पर जिन्दा रहे; पुरूषार्थ,
हमारे लिए बस,

यही कम नहीं!
जो इंसान आ जाए,
यहाँ इंसानों के काम!

www.ingramcontent.com/pod-product-compliance
Lightning Source LLC
Chambersburg PA
CBHW050407030726
47503CB00006B/2071
* 9 7 8 8 1 9 3 3 5 7 0 6 4 *